前程

蘇家立——著

前程

【總序】

二〇二三，挖深織廣

李瑞騰

一些寫詩的人集結成為一個團體，是為「詩社」。「一些」是多少？沒有一個地方有規範；寫詩的人簡稱「詩人」，沒有證照，當然更不是一種職業；集結是一個什麼樣的概念？通常是有人起心動念，時機成熟就發起了，找一些朋友來參加，他們之間或有情誼，也可能理念相近，可以互相切磋詩藝，有時聚會聊天，東家長西家短的，然後他們可能會想辦一份詩刊，作為公共平臺，發表詩或者關於詩的意見，也開放給非社員投稿；看不順眼，或聽不下去，就可能論爭，有單挑，有打群架，總之熱鬧滾滾。

作為一個團體，詩社可能會有組織章程、同仁公約等，但也可能什麼都沒有，很多事說說也就決定了。因此就有人說，這是剛性的，那是柔性的；依我看，詩人的團體，都是柔性的，當然程度是會有所差別的。

「臺灣詩學季刊雜誌社」看起來是「雜誌社」，但其實是「詩社」，一開始辦了一個詩刊《臺灣詩學季刊》（出版了四十期），後來多發展出《吹鼓吹詩論壇》（已出版五十四期），原來的那個季刊就轉型成《臺灣詩學學刊》（已出版四十二期）。我曾說，這「一社兩刊」的形態，在臺灣是沒有過的；這幾年，又致力於圖書出版，包括同仁詩集、選集、截句系列、詩論叢等，去年又增設「臺灣詩學散文詩叢」。迄今為止總計已出版超過百本了。

根據白靈提供的資料，二〇二三年臺灣詩學季刊雜誌社在秀威有六本書出版（另有蘇紹連主編的吹鼓吹詩人叢書六本），包括截句詩系、同仁詩叢、臺灣詩學論叢、散文詩叢等，略述如下：

本社推行截句有年，已往境外擴展，往更年輕的世代扎根，也更日常化、生活化了。今年只有一本白靈編的《轉身：2022~2023臉書截句選》，我們很難視此為由盛轉衰，從詩社詩刊推動詩運的角度，這很正常，二〇二〇年起推動散文詩，已有一些成果。

「散文詩」既非詩化散文，也不是散文化的詩，它將散文和詩融裁成體，一般來說，以事為主體，人物動作構成詩意流動，極難界定。這兩三年，臺灣詩學季刊社除鼓勵散文詩創作以外，特重解讀、批評和系統理論的建立，如去年出版寧靜海和漫魚主編《波特萊爾，你做了什麼？——臺灣詩學散文詩選》、陳政彥《七情七縱——臺灣詩學散文詩解讀》、孟樊《用散文打拍子》三書，提供詩壇和學界參考；今年，臺灣詩學散文詩叢有同仁蘇家立和王羅蜜多的個集《前程》和《漂流的霧派》，個人散文詩集如蘇紹連《驚心散文詩》（一九九〇年）者，在臺灣並不多見，值得觀察。

「同仁詩叢」表面上只有向明《四平調》一本，但前述個人散文詩集其實亦可納入；此外，同仁詩集也有在他家出版的，像靈歌就剛在時報文化出版《前往時間的傷口》（二〇二三年七月）、展元文創出版李飛鵬《那門裏的悲傷——李飛鵬醫師詩圖集之二》（二〇二三年五月）、聯合文學出版楊宗翰的《隱於詩》（二〇二三年四月）、九歌出版林宇軒《心術》（二〇二三年九月）及漫漁《夢的截圖》（二〇二三年十月），以及蕭蕭、蘇紹連、白靈在爾雅出版的三本新世紀詩選……等。向明已逾九旬，老當益壯，迄今猶活躍於網路社群，「四平調」實為「四行詩集」，含不盡之意見於言外。

「臺灣詩學論叢」有二本：蔡知臻《「臺灣詩學．吹鼓吹詩論壇」研究：詩人群體、網路傳播與企劃編輯》和陳仲義《臺灣現代詩交響——臺灣重點詩人論》。知臻在臺師大國文系的碩博士論文都研究臺灣現代詩，他勤於論述，專業形象鮮明，在臺灣詩學領域新一代的論者中，特值得期待；我看過他討論過「臺灣詩學．吹鼓吹詩論壇」的「企劃活動執行」、「出版及內容」，史料紮實、論述力強，此專著從詩社和詩刊角度入手，為現代新詩傳播的個案研究，有學術和實務雙重價值。

住在廈門鼓浪嶼的詩人教授陳仲義是我們的好友，他學殖深厚，兼通兩岸現代詩學，析論臺灣現代詩一直都很客觀到味，本書為臺灣十九位有代表性的詩人論，陳氏以饒沛的學養提供了兩岸現代詩學與美學豐富的啟迪與借鑒，所論都是重點，特值得我們參考。

詩之為藝，語言是關鍵，從里巷歌謠之俚俗與迴環復沓，到講究聲律的「欲使宮羽相變，低昂互節，若前有浮聲，則後須切響」（《宋書．謝靈運傳論》），是詩人的素養和能力；一旦集結成社，團隊的力量就必須出來，至於把力量放在哪裡？怎麼去運作？共識很重要，那正是集體的智慧。

臺灣詩學季刊社將不忘初心，不執著於一端，在應行可行之事務上，全力以赴；同仁不論寫詩論詩，都將挖深織廣，於臺灣現代新詩之沃土上努力經之營之。

【推薦序】

一個人的丐幫

白靈

這一代優秀的詩人都是詩國「地圖上」沒「標註的名勝」，卻樂於享有不被「地圖」找著的「尊榮」，他們的「指紋落在哪裡，哪兒便」有詩，蘇家立即是其中的佼佼者。

他是詩人中的異類，不屑仰視任何領主的邊緣人，他愛「用筆尖收藏故事的軟毛」，喜歡被艷陽「曬」傷「成沙漠」，寧願化為「小巷圍牆」上似有若無的「虛線」。他早早就向世界豎起白旗，白日站在畫框內說我願意，夜晚又跑到圍牆外震耳欲聾地小聲說但我還是我。全身上下無處不千瘡百孔，他是自甘「襤褸的王」，詩國邊緣再邊緣的一個人的丐幫。有時不得已他成了「別人手中緊捏的檸檬」，下一刻他又趕緊從別人疊加的影子裡抽回自己。

他全身上下窩居著不合時宜，印滿別人和自己和孩子們的指紋，思維敏如電線，卻不知如何為島嶼充電，也常被半夜喃喃一句話電醒。他行動似「溫吞的巨蛇」，常「張開大嘴」想誘善世人，「裡頭卻遍插路標」，每個標誌像詩題，「彼此深愛又極盡可能地憎惡」。當有一天他被人推下山崖時，他仍將嘿嘿長笑，因無人知曉，他早推落無數高舉的手，能將這秘密帶進「深淵」，他已贏了之後「站在崖上的所有人」。

在這本散文詩集中，他手持打狗棒，輕輕一掄，棒影閃爍，即「撥開」武林詩林諸多「矛盾與爭紛」，「許多故事趁隙鑽了出去」，滴落在此書的紙上，放心，每一則都抓得住他快速跳離江湖前流星般的尾巴。

註：文中引號內文字，均轉自《前程》詩集

【推薦序】

詩意X空間X撐持

詩人　蕭上晏

1.

家立是我遇過，最善良的人。

善良到他請我幫忙寫推薦時，我找不到拒絕的理由。

絕對不是因為找不到可以推薦的理由，才從人格談起。相反的，正因為認為人格與詩藝有某些必須交相吻合，巧妙碰撞才能撐持出新意的時刻，所以才要談到善良。

善良是一種選擇，被標記為好人，多半不是什麼好事。純熟的文學創作者通常掌握了將苦痛轉化，深刻的能力。在詩作之中，隱晦而深切的指涉，不僅是一種精妙的技藝呈現，更是痛苦的抒發。

能做，但不做。在解釋與不解釋之間，選擇了用散文詩來書寫，卻仍舊在素材的揀選與文字的鋪排中一以貫之的淡化己身的家立，這是徹底善良的人，才能產出足以編成一本詩集的書寫風格。

2.

我們常說詩意在言外，但意在言外並非詩的專利。我們說詩要精煉，但只為了精煉而精煉，便可能忽略了文字書寫的目的。

詩集的名稱叫做《前程》，閱讀過程中我卻察知到同音異字的另一種異義：「虔誠」。

篇幅變長了，解釋性的話語也會隨之增長。而在敘事的過程中，讓讀者留白的空間顯著的會被更加削弱。所以散文詩並不好寫，寫出來的作品會否被稱為是詩，也往往有諸多可議之處。

但在《前程》裡，我看見了一個個完整，微小，無疑是詩的詩意空間，在作品中細緻然而堅毅的撐持著。

或許有大有小，但必然存在。家立說這本詩集是他的一個階段心血，我認為實至名歸。

3.

活得謹小慎微是不是一件好事，就我個人來說，是難以評斷的。但我大言不慚的武斷，這樣一種恬靜而堅韌的風格，值得被這個時代更多的人看見。

因此有了這篇推薦。希望往後因虔誠而在詩藝上能再精進的家立，知道這個階段的你，寫下了一本比想像中更了不起的詩集。

目次

第二章　雨水

第三章　大寒

第四章　冬至

第一章　殘暑

前程 1

太陽與深淵只是調色盤上的小格。我邊旅行邊素描，畫不好的順手埋進土堆，滿意的再微塗陽光，抹一些黑夜，讓風景的對比停在他方，途經的人們是佈景也是回憶，是筆尖收藏故事的軟毛，是畫紙銳利的邊緣。

單純走著，遇到懸崖就繞道，遭逢峽谷便墜落，我是不被湊合的拼圖，沒有凹陷及凸起，被陽光曬成沙漠，被月光織為小巷圍牆的虛線；拇指緊扣調色盤緩緩擴大的孔，目光攪拌濃烈的人情義理，儘管崎路不曾許諾任何腳印。

前程在深淵底升起白旗。白旗像留予未來的左手，我蹭滿帶刺的亮，拔起旗子插向胸膛，雙眼陡然滲出了逝期：世界的明與暗將我摺了千百萬回，攤平摺痕後，一塊告示悠悠隨風轉盪，表面空白，佈滿小洞。

1 出自馮道〈天道〉：「窮達皆由命，何勞發嘆聲？但知行好事，莫要問前程。冬去冰須泮，春來草自生。請君觀此理，天道甚分明。」

螢幕

有的線條簡單得只能看過一遍，隨後在你身體裡恣肆奔流，將血液與靈魂繫在一塊，倚靠著規律的心跳。當你舉起手，它就密集如林，任由幾抹光梭巡其中；當你卸放自我，它則散落似一個個模糊的名字，等待被納入沙漏，彼此擠壓，一轉再轉。

你凝望我張嘴顫抖的姿態：許多風景從齒隙滲出——夕陽填補了缺角的路標、小徑上微風拚命剪下腳印往花叢中拋、單行道盡頭尚未嵌合的塗鴉……隔著一座城市或一口井，蟄伏牆壁的按鈕不動聲色，當你走入陰影時，它開始像幼童般鳴躁，而我削平的指甲剛劃過一封裝好的信。

所有的光都聚集在那裡，它們因互相折磨而鮮豔無比，原本黑白的內在急著盛開一幅幅畫，把自我解剖成依時刻淌著喧囂或靜謐的一段段線條，你小心翼翼將我拼成一個複雜的故事，每一個角色的心跳都淺顯易懂，偏往你伸出的十根手指，而翻掌之後是一片沙漠，幾株仙人掌零零落落。

《中華副刊》二〇二二年七月一日

異鄉

將地圖攤在桌面，他輕閉雙眼任由手指帶領，指紋落在哪裡，哪兒便是故鄉。

青年受狹小的空間拘禁：檯燈的光是謊言，逐漸被角落漫來的黑暗淹沒，窗邊的多肉植物是童話，儘管刺手卻能探出欄杆，替他攀附窗外更高的大樓。日復一日，他是這裡襤褸的王，唯一的，享有地圖找不著的尊榮，如沙漏中緊貼玻璧的塵埃，不願乘著微風漂泊，而抽屜發芽一半的種子想要生根，或許要在乾淨的深夜。

從外頭看，只見一名淺色的人靠著椅背喃喃自語。房間並未上鎖——假如一個邊緣模糊的方格能稱為歸宿：青年奮力游動指頭，拚命搜索地圖的祕境但恐懼張開眼睛，害怕辭世的父母像牆壁清晰的龜裂，偶爾降下一場小雪，粉飾面前的崎嶇。

急促的門鈴聲捲起眼簾，指梢卻陷溺一片褐汙：昨夜打翻沒拭淨的咖啡。匆匆從皮夾揀出幾張舊鈔票，房東盯著他的眼神如地圖的北方一般尖銳。

拼圖

陽光是最難避免的謠言，從睜開生命的一瞬起，將你我以無形的溫暖悄悄地刻意地拉近並就此放置不管，任由我們找尋彼此可供滲透的缺孔，使略帶弓弧的善心或惡念，拚盡全力填補眼前看不透的深淵。

我穿著一件繡滿誓言的破衣出門，路上行人目光如針，有的尖銳想替我補足胸口褪色露出童年的缺憾，伸手撫摸尚未貼穩標籤的心跳，反倒令汗水直流，弄溼了整條馬路；有的細膩似早已遠辭的祖母，她像一盞不到夜晚就不能閃爍卻未曾移開注視的燈，默默盯凝我的空洞鑽進另一個突起後，瑟縮回自己乾冽的蛹。

在就寢前我停止了向黑夜祈禱，放慢訴說誠懇，讓隨晚風搖盪仍緊抓窗簾餘尾的一個個矮人緩緩降落，他們手持月光，當我熟睡時打磨身上帶毒的稜角，試圖令明天的謠傳有能歇腳的凹槽，每位過客經過彎下腰掬取時，喉頭盈滿圓滿的清涼。

久別重逢

陽光比往常燦爛：像一串綑好的織布針直截穿透我的身體，鑲在後方喧嘩的人群中，他們伸長毛茸茸的脖子，舌頭淌著潮溼的梅雨季。

耳蝸裡的陰冷回聲將我連同老舊的歲月一併轉向。眼前浮貼著陌生的熟稔，不停招手，彷彿一個又一個地洞，深不可測，想躲進去的、想埋首的，是隱遁在背後的過往；但勉強擠進時，裡頭早已塞滿舊識，凝望彼此臉頰的龜裂，你們東張西望，找著堅韌的垂繩，一粒粒燙手的黃沙從掌隙流失，拍起額頭大聲歡笑。

我收集完你們高亢的遺緒，爬出地洞獨自下山。沿途山坡開滿蜈蚣，蝗蟲填滿小河，一切如常。夕陽悄悄淹過腳踝，還差幾步，我就能曬乾眉梢滿是皺痕的船帆。

《中華副刊》二〇二二年一月十四日

距離

醒來後我站在地圖褶皺處，後腦勺彷彿爆發後的火山，費力擠出一顆顆水泡，輕輕觸碰，便會濺落一條條窄巷，它們以交錯代替擁抱，把盡頭留給我的腳尖。

為了找尋你的座標不惜將自己裁成荒島，周圍的魚游向沙灘上的灰燼，牠們是地圖沒標註的名勝，瞳孔眨著遊客一疊再疊的指紋，並用尾鰭剪下你豐腴的身材，浮貼著我頭髮遮掩的深坑。

閉起黑夜前，一張用過的郵票撲進我的胸膛，那是你寄來的孤島。我沒有更合適的經緯能夠寄回，握緊拳頭假裝繁星在掌心築巢，稍一鬆手，那些未發育完全的感情線，將會停止鳴叫。

該寄的信壓在鬧鐘底部，一旁的迴紋針朝著陽光扯開自己，它不想再和別人抱在一起。

名利

溶身於水泥壁，現實是他最好的保護色，將一小截尾巴暴露在陽光下，而來往奔波於各自故事的人們，沒有一個敢嘗試去拉動這條既短又牽扯著偌大陰影的線段。

手中若緊握著繩子，就有想把彼端拖過來的欲望。整個人逐漸灰黝的他，一邊剪裁腳掌，一邊晃動脖子的鈴鐺：繩子是資源匱乏的驛站，用來交換你我霎時的渴望，有時綁著一座廢墟，有時繫著一個乾淨的花園。驟雨是一種分割好的細繩，墜落人們稀疏的慵懶；烈陽則是粗糙的麻繩，捏緊肌膚上的黑點；夜是鋒利如刀的絲線，圈養著夢裡的綿羊並圍出一道藩籬，將失眠的你輕輕拖過去。

感受到牆壁的冰冷與季節無關。斜暉支起我鮮豔的手臂，賣力地將牆壁塗上其他色彩，而他找回了舊的自己，果斷割去現在，和我綁在一塊，滿足於一小面汙牆。那段留在馬路上的尾巴，在天空下靜默，像條毒蛇朝茫茫人海吐信。

收集石頭的人們

樹蔭下有人在乘涼，隨手擱放邊緣仍織著水珠的草帽，恰好壓住了幾顆石頭，石縫大概一列螞蟻的寬。這舉動惹惱了遠處收集石頭的人們：他們需要乾淨的畫面，他們的手是唯一的金框。

將麻布袋裝滿大大小小的碎石，他們急忙趕往大樹，只剩下翻起的帽子裸著胸，夏季隨時會被風吹走。帶頭者踩著帽簷，其他人掏出石子一個接一個狠狠地砸，使帽子像一條襤褸的線悄悄劃過夕陽。

強風瞥了人群幾秒，讓幾片落葉蓋住用過的石頭，人們揮開葉子把石頭再裝回袋子滿意地回家，嘴巴念念有詞，似乎是晚餐的菜色，又像樹上的枯枝彼此摩擦。

《中華副刊》二〇二二年六月十五日

立冬

馬路鋪著一層太陽撒落的光，潔白無瑕，將昨晚雍然躺臥的紅葉與來不及被北風吹逝的腳印，輕輕地用溫暖封住，形成一面無窮延伸的鏡子，讓接觸它的人潮車流、還沒牢貼寒冷標籤的錯身、轉角灰牆黏附的塵屑等，甘心交出一幅幅微睜圓眸的冬景。

想要繼續酣眠的你，可以先揉揉睡眼，使勁以回首青春的純真，努力鑿開暖冰，輕捧一條遺失已久的夢徑，再撥開結凍的晨露，朝纖弱的手一次又一次不停沖洗，直到手心發燙並散射著軟綿若雪的金芒。而耳際傳來的崩裂巨響，是冬景反射回的鼓掌聲，替這條路偌大的邊框鑲嵌了一顆顆不規則有點粗糙的安詳。

我在這條路的起始同時也在終點，舉高不曾失溫亂序的寓言，使一個個角色色彩樸實地走入，披著喧鬧的漸層，胸口偶爾有個深邃的山洞穿過，洞壁收藏著還能冰釋的睡姿，漆到一半的牆伸長黑影令月色安然牽起，它們同蓋一件厚被，像明天那般透明。

《中華副刊》二〇二二年十一月十三日

殘暑

紅磚牆滲出了溽夏的願望：一筆一劃，馳騁著馬車滿載來往行人的倉促與溼透的步伐。駕車的蟬群醞釀十多年的疲冷，終於趕上城市持續燃燒的盛宴——每一扇微敞的窗披著輕盈的水色帘幕，幕後是一張鮮豔的床。

蒙起雙眼，我將掌心託付給熾燙的牆，讓它傳頌你被夕陽偶遇的殘影。你留餘的訊息和眼前崇動的街景重疊，商店裡各式各樣的櫥窗守衛著廉價的喧囂，玻璃櫃藉透明掩護了一件件貼好標籤的物品，有個音樂盒很像他手腕纏繞的韁繩，扳開瞬間所有窗戶也關閉了，彷彿垂掛脖子不停搖晃的鈴鐺。

幾個人陸續離開馬車，他們顏色淡薄，斜視馬鞍密密麻麻的蟬蛻，默默摘下帽子致敬。你和他互看了數秒，道別前擁得很緊，靠著牆我目送你們遠行，憶起昨晚夢見的青蛙，牠被壓在枕頭底，當時門鈴大響，開門後只有一片落葉，一半在門縫內，一半指著沒黏牢的月色。

《中華副刊》二〇二二年七月二十日

第二章

雨水

霜降

即使逐漸變冷，鐘擺仍不曾改變搖晃的力道：黃昏從左盪到右，再回首時已是滿天星斗，許多扇窗剛闔起眼睛，一縷微風擦過檯燈的開關；迷人的長髮不自覺往西潺潺流去，如牛奶般雪白卻又滑潤，默默岔開心愛的人緊密的指縫；你不想沉溺於催眠，仰望天空拋下的一顆顆流星，在願望冰冷前抓穩時針的尾巴。

每個人的影子都有該亮的時刻：或許是午夜或許是落葉堆積為一小撮森林又輕輕被推倒成一片夜鶯啼叫。我牽起秒針溫暖的指梢，同時修整好身體的輪廓，預備讓戴好手套的深秋反覆摺疊，每摺一回就放入一朵蓬鬆的雲，雲與雲在摺痕裡磨擦出夢的沙沙聲，令黎明到來時所有屋瓦能承受一場場小雨的擊掌。

她留有一頭看似變冷如月光清澈的長髮，拉著細繩的手慢慢晃著城市的光與每扇門打開的瞬間。天空由右盪到左，一幕幕蔚藍深深摟抱著夜色：我們相視微笑，影子無隙地交疊在一塊，偶爾翹起的那頁青春，伸長手臂小心地撫摸略燙的分針。

《中華副刊》二〇二二年十月二十五日

寒露

花瓶裡插著一根菊枝，似淺若深。菊枝牽起一片滿是坑洞的風景，靜靜地任由秋色填入，或一條懸掛夕暉的小徑，或幾蕊不慎溢出的腳步，使你臉龐蹭上一層又一層白霜；秋螢悄而不語，默默攬著胸腹微霑的冰露，模糊花瓶表面與遠方平行的裂痕。

彼時你的茶杯仍浸著童趣與菊香：第一啜彷彿午後徬徨十字路口的青年，他仔細斟酌踏落的輕重，唯恐弄灰了每一格雪白的行事；接著，高樓某層的窗戶，不自覺敞開渲染後的空無，只為俯瞰往來喧囂，凝結一齣即將謝幕的喜劇。

於那群堆砌的笑靨中心，我和你隔著一叢難以翻越的刺。尋遍肌膚，沒有一處可容許其他異色侵滲，提前造訪的雪洗淨回首途中意外的傷疤，又替我們繡回茶杯邊緣的缺口，而天空慢慢有了新的皺褶，盤據花瓶的餘暖尚未在你唇邊錄事，菊枝伸長來不及挽留的斜巷，有人背負著盡頭仰望半月，不願跨出一絲微涼。

《中華副刊》二〇二二年十月四日

溝通

每天晚上，他總會擁抱著一隻老舊的兔子布偶入眠：趁四下無人，用剪刀輕輕剖開牠的腹部，讓棉花一朵朵飄到掌心，吸吮剛摸過家庭照仍殘留的些許餘溫，再參雜自己的淚水後塞回原處。於是布偶越長越胖，只能和他共享狹小的床鋪。

他的雙親在門後目睹了一切：兩人默默約定，當孩子睡著後，努力洗淨布偶毛茸茸的粗糙表皮，對肚子上的補丁唱搖籃曲，掏出多餘的棉花讓兔子變回原狀，再擦亮沒擺正的合照，離開前將剪刀收進抽屜底層，手牽手悄悄關門。

看透了雙親的彌補，其實他還醒著並親吻了布偶胸口，偷偷潛入雙親臥房，凝望兩人擁抱彼此，數秒後心滿意足躺回原處。每天夜裡，他們同時是對方的利剪和柔線，腳邊堆砌的雪從不超過膝蓋，一直是最暖的棉絮，墜落心底沒多久就成了與夢境不停推擠的鼾聲。

小寒

雙手比出一個寒涼的圓，你將旭日悄悄拉近眼眶，與失去色澤的黑珍珠交換低溫的祕密。陽光擲地有聲，於藍白相間的跑道濺起冰晶，指頭輕觸，水漬順勢滲入錶面，不僅讓數字模糊，更結凍了想要往前疾馳的秒針。

你曾捏著秒針，令陽光為柔韌的金線，在不朽的歲月、喧囂的城市與我懸起的孤唇間穿梭，織繡出一張結構嚴密的蛛網；由蛛網每條絲線的隙縫仔細望去，許多窗戶開了又閉閉了又開，窗邊的多肉植物渴求一條鮮豔且富有彈性的終點。以舌頭舔舐行事曆最荒蕪的場所，將小指的紅線謄了上去，我複印滑過心臟的分針，單手撐起一個溫暖的上弦，對著你胸口搖晃的鎖。

黃昏在滿地碎璃的祝福中奔往地平線一隅，那兒的雨水疊成了藍白相間的歸巢。時針是位稱職的畫家，先畫一雙燦爛的眼眸交給我放回你的眼眶，再畫一條乾淨的窄巷，兩旁長牆正漆上春的預告：用緊鄰的冷填補快完成的圓滿，我們是彼此的小寒。

《中華副刊》二〇二三年一月六日

小雪

晚秋把成堆落葉均勻撫平，穿插著幾顆玲瓏雪粒，混著遠方夕陽擲來的橙靄，砌成了一階階清新的紅梯後，默默扛著一袋暮蟬離去，不允許過於凜冽的道別。循級而上，我在途中誤解了每一次踏落的跫音：聲響該被捻成一根瘦長的蘆葦，輕輕撥弄日曆底端逐漸褪色的邊框，再讓一葉小舟伸長它漂浮的深河，河中碎石交換著來年多雨的預言。

另一道階梯由你拋捨的青春，那遍布濃雲的高空悠然降臨，離我不過是數了千百回寒顫的距離，像窗面用雨滴瞬寫密密麻麻的情話，但旋即被電線之間的鳥囀沖散；又似成群害蟲圍繞一口豐盈的甘泉，以層層黝黑驅趕乾渴的唇舌。你向下的腳步彷彿乳白的承諾，越是靠近地面，堆積越厚的，是來不及擦身的後悔，容許還沒播撒的相知，被寒意鬆垮垮地摟抱。

我還會繼續攀爬，偶爾回望從不回眸的你，而階梯的盡頭一片寂茫。我翻覆手掌傾倒微曲的掌紋，在你有了影子之前，它們會先飄起小雪，替仰望晴朗的歸途保暖。

《中華副刊》二〇二三年一月二十九日

期限

酒瓶裡剛泡進一顆褪色的夕陽，浮起的液面大概只有一根食指高，擺在檀木桌的高腳杯有些許裂痕，彷彿疾走的秒針就能輕易切開，褐色的醉意一滴一滴落下，濡溼了一群正列隊覓食的螞蟻。

我的指甲滿是汙垢，眼窩的黑影藏不住疲倦，一個呵欠從腐朽的雙唇迸出，溜進沁涼的空氣，電視螢幕中恰巧播放著旅遊節目介紹難得雪景的畫面，那兒的顏色像是沒啥經驗的製紙廠，一把大火或一對無奈的眼神就能徹底焚毀。

約定好的四點早就過了。而通常烈酒一個人是沒辦法喝的，米色壁紙上的另一個人想要拿起酒瓶被突來的門鈴打斷，我打開門，只有一隻左腳瘸了的老狗，嘴裡銜著一封沒有署名的信。

酒瓶碎片掉落一地，和紙屑混在一起，不知道哪個能扎傷人，只能用指頭一蕊一蕊的去摸，客廳像花季剛過的草原，一片凌亂喪失了季節。

選自《躍場：台灣當代散文詩詩人選》

遮雨

門沒有鎖。客廳裡擺滿魚缸，有的裝滿水，有的只有半滿，還有的鋪了一層油亮的水草，但沒有一個水缸有魚。

她渾身溼透推開門，將紙傘擱在門邊，盯著溢出雜訊的電視螢幕，和式地板上有幾條剛從螢幕掉出的銀色蚯蚓，牠們不停地掙扎，像攤開身體的逗點，尾巴朝著窗外的彩虹，不知控訴那一層的色彩過於刺眼。

悄悄地用腳趾磨擦地板間的縫隙，她不覺得放晴是件好事。手中緊握著從遙控器拔下的電池，把其中一顆投進茶几的魚缸，如果是魚，沉沒勢必是即將面臨的謊言——剩下一顆要埋在一個簡單的地方，沒有任何水，也沒有鎖。

撐起白色紙傘，她在室內旋轉了幾圈，而天花板開始滴水，輕輕敲在紙傘純淨的表面，弄出一顆顆灰色的汙漬，她用手把紙傘戳了一個個洞，自己身上也慢慢流出了一些溫熱的液體。

門不存在。

選自《躍場：台灣當代散文詩詩人選》

放生

把日記本攤成一座湖泊，我在湖邊獨自做柔軟操並不急著下水。湖中有幾個看不出年齡的孩子嬉鬧，帶頭的捧著一顆滿月，其他的人想搶卻搶不到，身體漸漸萎縮，沉到水底化為一塊塊小石子。倖存的孩子爬上岸把月亮放進我懷裡，變成一隻青蛙跳入比黑夜更深的草叢，我再次把月亮丟進湖裡，等下一批人搶奪。

有的變成蛇而有的變成蜥蜴，故事的結尾可能如此。確認四肢溫暖了之後，我跳進湖泊抓緊左岸慢慢往右岸靠攏，讓它回到日記本的樣子，而我像片尚未枯黃的葉子，就這般俐落地插入。

墨字遇到水會悄悄暈開，而許多故事途中會有響亮的水聲。坐在日記本前，把過去的我陸續葬在夾層，假裝自己是爬蟲類，血的溫度比公車站牌的影子更冷。揮手向遠方告別時，聽見磁磚像鱗片從牆壁脫落，露出赤裸的灰色水泥，那份純潔的情色令我化為稀薄的泥。

選自《躍場：台灣當代散文詩詩人選》

仿冒品

他在行事曆上註明遊湖一事引起軒然大波。首先，沒有人比他更輕。他並不相信透明只是路稀釋後的廢棄物。遞出假單，上司不肯核准，交給了他一疊文件，文件間夾著曬乾後的槳，他無法靠它划回行事曆上的紅圈。

辦公桌上，攤開的數字像夭折的嬰孩，計算了一個又來了一個，他們沒有長大的欲望，不斷消耗他與辦公室間的空白，在紙張種落單純的遺骸。緊緊捏住快窒息的鋼筆，後背冒出了樹苗，以驚人的綠吞食周遭。

他成了一席湖泊，湖面漂著上司未核章的假卡，蜻蜓將在他的名字產卵。隔著一座山另有一面湖，湖與湖之間長滿雜草，荒蕪是它們共享的行事，躺著成群深褐的蟬殼，盛夏曾狂躁地叫喚他。

他不想回應。

選自《躍場：台灣當代散文詩詩人選》

雨水

起跑線後那排曲線有霧的人影，曾經在我眼瞳裡下雨：其中一名始終不忘撐起緋紅的小傘，傘緣垂著一顆顆晶瑩的音符，陸陸續續跌碎，化為一灘又一灘拚命攬入藍天的薄鏡，沒有一面能搆著終點被分為兩半的瞬間，我們努力擦拭每一處斷裂。

不怎麼冷但也不怎樣暖。掌心孵育的每條單軌，正準時駛出寧靜的車廂。車廂裡座無虛席，大多互相熟稔，有位紳士西裝筆挺，背部卻一片空白。他期待終站有人替他撐傘，指頭散逸泥土的芬芳，蓋過悄悄彎曲的命運，為無法再延長的夢鋪上一層春曉。

陽光沒多久就要吹哨。預備流淚的雲袖慢慢讓自己變灰、變黑，想在妳回憶起我時輕披這場朦朧，無畏地衝刺與無盡的墜落都指向紅傘張開的彼端，小巷底有一幀相片飄出，邊隅黏著幾顆種子，種子發芽後像無限循環的賽道，挺拔的人影稀稀疏疏，其中一縷雙手合攏，盛滿落日。

《中華副刊》二〇二三年五月十三日

第三章

大寒

她信仰的亂數

走進父母房間，伸手要求一天的生活費，她發覺鼻子越來越塌，裙子越來越長，父母越來越矮，窗外的向日葵花田早已枯萎；牆上掛鐘裡的報時鳥，少了一邊翅膀。喜歡養貓，卻分不出貓的性別。喜歡坐捷運，卻分不清南北。

只要夠友善，她就會交出褪色的葉片和長芽的馬鈴薯。如果皮夾夠重，她會遞出廢墟般的身份，強調自己追逐破敗。即使天空正在飄雨，也能當成上帝的祝福，儘管別人的頭頂太陽正暖。

終於有天她吃下了父母，不懂得怎麼一個人剔牙，只能穿著鬆垮垮的花長裙，上街找尋能種活向日葵的水與肥料，縱然在園藝方面一竅不通，是個門外女。

牽線

牽著一條電線，我必須保持雙手乾燥。馬路上的腳印大多是導電的，有的害怕月光，有的習慣風吹。走到某面牆下，把手中的線插入角落的洞。我的瞳孔映出了牆後房子裡的情景，一對夫妻開開心心吃著晚餐，他們沒有孩子，養了一隻看起來不靈光的柴犬。

一場熱雨降下將柏油路澆成荒土，整座城市是顆沒充飽的電池，每個家庭有屬於自己的線路，插在只有他們敞開的插座，觸電也不關別人的事。

我奮力拔出電線，雙手成了兩團黑黴，在原地等待放晴。

選自《躍場：台灣當代散文詩詩人選》

大暑

每個腳印逐漸消失在陽光裡，再浮現時已是深夜，踩進失眠者無底般的雙瞳，像一口口邊壁一觸即剝離片片月光的深井，有不少蛙隱匿其中盲目地鼓譟，腹中畜養的冰還來不及鑲上城市的轉折，地面攤躺著黑色的葉片，稍一回頭卻溶入路標，露出粗獷的字體，想拚命撬開旅人的眼皮。

過熱就是這樣缺乏默契的事：道路相信交通號誌，而紅綠燈懷疑斑馬線雙色間的忠貞；披起薄外套眼睜睜看一大碗刨冰退了潮，只弄溼了我微顫的嘴唇——妳背袋藏著一小包蟬蛻，但妳說值得讓人流淚的，除了空殼，還有鞋緣幾粒乾淨的沙。

每座枯井都懂得獻上孤獨。擦去汗水和盛夏，妳將一塊冰放入日曆的某個假日，據說將疊滿無數腳印，一拿筆輕輕劃叉就能看見大海，靠海最近的是剛划過妳嘴唇的指頭，正慢慢縮成一隻青蛙渴求的金球，被輕輕捧起後掛在敞開一半的窗邊，默默淌著水珠。

《中華副刊》二〇二二年七月二十六日

遺忘

像顆成熟的果子從床鋪墜落，肌膚及雙瞳曾泡過濃鹽水，不再容易受季節迷惑，動不動流淚或陷入回憶：房間內沒有絲毫紀念，客廳是口只允許獨居的井，門外的建築是一根根磨亮的時針，安插在不同的錶轉動平坦的風景；我匆匆戴上錶，錶面浮溢能複誦的遺囑——它們相信每次回首都鑲著一面鏡子反映明亮的故鄉。

在錶面悄悄冒出的芽還沒擴散前將錶取下，錶帶收進音樂盒壓著舊照與褪色的旅遊明信片，月光躡足潛入室內被透明的相簿絆倒，摔成一顆顆微溫的沙，像夢中偶爾浮現的人手背清晰的誌，她俐索削著水果邊唱著童謠，果皮宛如一條條彎曲的小徑，如今每天替換的衣物就是其中之一。

我努力洗滌這些過去，睡醒後仍是一枚怕冷的果核，把身體埋入人群，必要時伸長脖子和手，讓時間塗上一層薄薄的鹽。而乾淨的衣服要靜靜放好，一不小心會跌出熟悉的腳印，徹夜踩踏著胸口。

血壓

插頭插好後，手臂慢慢緊綳，城市的街道慢慢收縮，一顆顆人被擠兌而出，成為陽光下蒸發的數字，掛在眼前沒有起伏的眉毛，左右擺盪，從公園到公司，或從公司到旅館。

我囁嚅問：「這樣還可以嗎？」她拔掉了診療室內的光，所有毛茸茸的黑自腳踝緩緩爬升，途經正消化遠方災難新聞的肚腩，再悄悄回到了僵硬的左手，昨晚剛弄淆密密麻麻的報表。

「或許要換個姿勢。」將我帶進另一間光亮的診間，她的眉毛修整得十分嫻熟，嫣紅的彩妝散發和血壓計一般濃烈的胭脂味。隔壁有人用力咳嗽，聲音有點蒼老，像城市一隅的墓園，鐵門隨時敞開而草坪始終乾乾淨淨。

《中華副刊》二〇二二年四月十一日

鏡中人

他們渾身透明，容許各種色光侵入，在星辰下中屈折自我，與落葉擁有相同歸宿。每走一步就會盪出琉璃的囁嚅：一滴陽光弄皺城市的指尖和指隙，拋射出一座虹橋，剎那間消失無蹤，只留下大樓間欲言又止的窗戶。

鏡中人的心臟通常與風景一同被時間拓印，如雜草堆的正中央，有個空洞綁架了驢子的耳朵；或許一個乾淨無比的書桌上，擺滿沒有照片的相框，瞇著滲過窗簾的微風俯瞰門縫。

與鏡中人的幾個特徵：不怕受傷更不畏懼毀損，千碎之後，能無窮量產自我，剝奪你的視野。更不能抱住他們，與他們握手交出溫度與手掌，所有紋路都將被光滑的呼吸撫平，成為地圖上嶄新的經緯。

為黑夜憑弔是鏡中人的信仰，裂痕越多，便能創造更多離散的國度，摸起來冰涼如水，混淆眼底的左右，反轉心裡所想的是非。最後我閉起了房間、城市與世界，指隙的一抹光亮，掩蓋的陰影特別頑固。

《中華副刊》二〇二二年一月二十九日

候鳥人

他們居無定所，總在瞳眸的邊陲流浪，摺起的來時小徑是隱匿在抿唇時的雙翼，想說什麼，就緩吐出一口氣，弄霧第三者的世界；倘若再多說一些，語言就會拼湊為島嶼，悄悄飄向遠方。

候鳥人不喜群聚，枯瘦的雙足要踩在成形的島嶼才能安心。有時他們輕輕捻下趾縫長出的花，朝後方漠然碎撒，在島嶼與陸地間織下一條淡色的虛線——為了將來的返航——或牽引同輩。

聒噪是獵捕候鳥人最好的網。耽溺靜謐的候鳥人們，無法忍受無止盡的喧鬧與滔滔閃爍的霓虹。探險家會在廢墟找到一團團雪銀的毛球，那是被噪音戕害的候鳥人靈骸，價值連城。人潮若海的城市一座座矗起，逼迫候鳥人漸漸走向絕滅。

我是獨存的遺孤，將寡默敲成一羽羽燦白的文字，經由無垠的風拂給眼前的你，希望你別輕易把心闔起。

後現代奧丁

二十世紀後，掌管記憶的是指尖；等待思維結果，一陣風會把它們吹抵掌心，有的腐爛，有的被人撿起。

隔著螢幕，你撿到我黑白的思維，指尖攬著第三者的飛翔，而天空被虛割成無數塊，沒多久化為良畝，秧著數據化的羽毛。

我們是後現代奧丁，幾根指頭就能奴役閃電，讓世界到處都在吼叫，瓦片碎了一地，能修補的即將進入英靈殿堂。

選自《吹鼓吹詩論壇詩四十五號：隨心散欲——散文詩專輯》

後現代贖罪券

一群白斗篷邁出象牙塔，兔步逡巡，將雙手攤平如車軌，任由朝陽悄然進站又出站。胸前貼滿救世箚記，有青草味也有大麻香氣。斗篷下藏匿各種聲響：觥籌嘩鬧，如滾落屋簷的前夜小雨；一片孤鏡找著鏡外的骷髏，火痕自邊緣向核心侵蝕……。

高塔外是一座又一座迷宮，信徒們剛走出迷宮，雙手被細緻的毛線綑綁，露出透明的線頭，指向虛空。暖陽扯著線頭將他們曳進塔的核心，從此行蹤成謎，或許在明日的鳥囀，或鳥喙上攀附的音符，曲折又不忘反覆。

斗篷內不只一種步伐。象牙塔中，躺滿擠過的顏料，它們剛經歷過洪水，需要往外閒晃，一邊嗅聞月色的圓缺，一邊欣賞城市的起伏，雙手不自覺插回口袋，捏緊前世打好的單程車票。

選自《波特萊爾，你做了什麼？——臺灣詩學散文詩選》

大寒

黎明是深夜汲取小巷寧靜後的殘膠，黏起每一個轉角遺失的溫暖後，緩緩貼回仍打開的窗戶，撫平琉璃上月光刻落的傷疤。春風輕輕扯開窗簾，撥開矛盾與爭紛，許多故事從縫隙鑽了出去，其中一個帶著我太陽般的心跳。

城市總是清醒：面對寒冷的尾巴，行人藏起行走時的猶疑，卻又奮不顧身墜落彼此的眼瞳，濺出晶瑩的水花，澆灌仍硬如鐵石的土壤，像母親柔美的雙掌捧起一列列羞赧不願靠攏，但間距只有一盞燭火的腳印。而你插下的路標爬滿藤蔓、殘餘的鞋痕凹陷裡有不少雨珠推擠著，交換透明無垢的祕密。

沒人注意到太陽曾經眨眼——為了告別一年最冷的時刻。片段的童話們在白雲呢喃中來不及拼湊完整，向你商借唇邊滴淌的蜜，使來往喧囂化為陣陣薰風，溶入每一個角落，蓋過不明顯的髒污。我的心跳在沸騰的單行道底端昇華，如一枝蠟筆慢慢試圖塗滿你被黎明擦拭多次的輪廓，而街燈將熄，等待花香陸陸續續蘸入。

《中華副刊》二〇二三年一月十七日

第四章

冬至

白露

不自覺被擺進畫框，畫架滴淌著幾滴水珠，水珠裡漂浮著荷葉，荷葉上的青蛙不知蹤影；一伸手就觸摸到微溫的螢火，不慎將畫布弄皺，原是一幕皎白卻滲入了早秋的呼喚：色彩濃豔的落葉，如一道道切開銀瀑的利刃，輕輕削過指梢，幸好有澄月及時挽留，指甲脫蛹為顆顆晶露，悠然臥躺一地，濡溼纏著手指最細的那根線。

跨出畫框，逃離盛夏也遠離漠然的都市。長夜溫和的摟抱讓一座座高樓彷彿呆滯的飛瀑，任由窗戶開展，默許微小但喧鬧的風鳴鑽入，墨守著一縷未褪的靜好。我在逃離途中腳尖受一片緋葉攔阻，像墓碑般沉重，它逐條吐露著秋的祕密。

凝望數步之遙的燦然稻海，我頓時領悟：自己是根未沾顏料的畫筆，在註記秋的爛漫前，需洗淨來時腳步大膽躍進其中。令眼瞳如圓潤的飄荷，隔天轉醒有幾盞清醒的露沫閃爍，這是第二件心事，偏紅擱在畫架溝槽。

《中華副刊》二〇二二年九月十三日

遠離

走進教室，才踏入白色腳印，發現四牆都是黑黝黝的。室內沒有半張桌椅，沒有懸掛的黑板與鋪著一層沙的講臺，只有一個金色相框被置放在地面中央，它斜望著天花板，正當雪季。

以腳尖輕輕翻動它，「唰」，一抹白煙撲上窗戶：那兒只剩四四方方的空洞，缺了能摟住它們的玻璃；相框佈滿塵埃，撥開沙子，一張薄薄的紙條露出有刮痕的邊角，潦草的筆跡像脫軌的列車，倒出不停後退的、即將坐向窗邊的我。

將相框洗淨擱放在角落，這個房間教會我什麼是離開，在打開燈光進入前更決定了出口。我緩緩蹲下，用指頭在地面削了幾個字，搖搖頭，仰躺在地面，望向剛才沒發現的吊扇：吊扇葉片一邊旋轉一邊研磨著靜謐，並篩濾透明的暗，慢慢將我覆蓋，將我鋪成一頁空曠。

一群螞蟻在四周默默排列，不讓任何黎明走進。

欺之以圓

那呼拉圈很久以前就躺在那裡。有時，會有侏儒跳進又跳出，卻沒有人小心翼翼把它拿起，靠回油漆正在剝落的牆壁。

雨季來時，連腳印都會莫可奈何消失。呼拉圈纏著一攤水漬，靜靜仰望習慣說謊的烏雲，聽它拋擲雨滴的輕率。當積水溢出圓的擁抱時，彎曲的手臂繫不緊一條緞帶。

無法等到滿月再縱身墜入。呼拉圈裡，向來綑綁的是黎明後的黑夜，只有大人的腰身能輕輕轉動。

公車站牌未乾的油漆留下繁星的呼氣，終局不甚明確。由一個點到另一個點，要渡過無數雙眼睛。

選自《躍場：台灣當代散文詩詩人選》

出門

拎著黑色大垃圾袋出門，我確定不是晚餐時間，騎樓裡排列雜亂的機車，把手朝著相同的方向側睡。

有個老人蹲在畫滿塗鴉的牆壁旁：不乏一根箭穿過兩顆心、斗大無神的英文字母等。他以飢渴的眼神凝望我潔白的手，盤據右臉頰的青斑慢慢逼近，慢慢吐出一條死巷。

頷首接受了他的請託，我將他從歲月染成灰的領子開始，使勁將他塞入垃圾袋，扔進淌著腥臭的垃圾車，看他被緩緩碾碎，流出無色的廉價顏料。

總有一天，我也會被這樣丟棄。那時我倚靠的也許是臺燃燒不全的暖爐，已旋開的開關上，窩居著許多類似但不吻合的指紋。

它們彼此深愛又極盡其能憎惡彼此。

最壞的人

在懸崖邊像一具機器守著戒條片刻不離，他不帶任何目的，只是想拉起正要跳下的人，毫無表情、手心冰冷、一條蜈蚣狀傷疤滑過眉心將臉頰劃為左右兩岸，被拉起的人不知該往哪去，把名字、怨恨和憤怒都留下了。他看了幾秒，讓風輕輕吹落谷底。

旁人看見倖存者返回後遺忘了一切，每天望著遠方傻笑，下巴長出毒蕈，最後被自己毒死。久而久之，他成為懸崖邊最壞的人，成為孩子睡前必聽的恐怖故事。在一個晴朗無雲的白天，一群人將他推落了山崖，陸陸續續砸下石頭，他們想像他摔落化成碎沙，每個人都不停傻笑，成為最新的勵志故事。

被推落的瞬間，他終於笑了，想起當年將他拉起並奪走名字和一切的手，那隻手的主人最後被他獨自推下了山崖，能將這祕密帶進深淵，他贏了崖上的所有人。

選自《波特萊爾，你做了什麼？——臺灣詩學散文詩選》

淹水

水就這樣從門縫下無畏地踱進來了，沒和玄關的招財貓打聲招呼。它們是飢渴的流寇，吸乾了每一片磁磚的色彩，僅僅留下透明一層薄膜，彷彿摟擁著腳踝的面具，逼迫腳趾甲中的汙垢不得不思考怎麼漂白自我。

彎腰將一張張樂譜無細縫地鋪在地上，我省去替那些音符澆水的麻煩；廚房熱水剛好燒開，野蠻的氤氳蒸氣喧鬧不堪，在鏡片上咳出一叢叢白霧森林。我推了推鏡架，以恰好的力道將發芽的音符揠至我理想的高度。

從皮夾掉出幾枚硬幣，年份不詳。它們泡在水底如許願池底斗大的痣，在吊燈垂憐下靜默不語。我按下搖控但電視沒有反應。淹水遲早會正色整隊地洩去，彼時氾濫我眼眶的濁流，終究溺斃了一隻隻紙摺的金魚。

門口那隻貓仍不停對外招手，大門並未關緊，連日的早報疊砌的堤防冒出了黑鏽。

氾濫的幸福

只要經濟許可，他會買一簍檸檬分批榨汁，以筆沾取後隨筆寫在紙上，深夜時分敞開窗戶讓月光穿過，將雪一般的紙烤出字體。沒有人知道他寫了什麼，為何兀自傻笑，而月亮被濃雲厚霧遮去獨眼的那天，他成了別人手中緊捏的檸檬。

用過的廢紙大多被揉皺丟棄，唯恐祕密外洩。有時垃圾桶崖緣懸著一列螞蟻，彷彿不及剪斷的牽絆。檸檬從未滯銷，潤滑了不同的喉徑：有的蔓草叢生，有的荊棘匍匐；但滅蟻劑成群擱置在架上，偶爾它們輕輕掀開頭蓋，令身體的夜流出窗外，將背景一點一滴黯蝕。

《中華副刊》二〇二一年十一月三十日

接話

攙扶著盆栽的細枝，一株植物慢慢被我感化，樸實的葉片吮吸著掌紋。隔天長出雙腳，掙脫泥土爬上床鋪，搶走棉被，將我埋進花盆，面向凹凸不平的壁紙。

牽引著盆栽鮮嫩的手，聆聽植物述說如何被取代的故事，彎了彎柔軟的腰身，咳出一口穢氣，信步踱至窗邊讓陽光洗滌掌心，我小心翼翼將杯水往腳隙傾倒，腳趾之間佇留著夜的葉脈。

又過了一天，畫廊裡多了一幅畫作，人群接綴得恰到好處，喧囂灌溉了彼此的空白，空白長出纏繞的畫框，畫框底下有個孩子拿著樹枝，漫不經心戳弄著邊框。

《中華副刊》二〇二一年十二月二十二日

冬至

天花板的燈泡兀自墜著雪花。我關上開關但窗外太陽沒有減弱的跡象，持續煮著馬路往來的稀疏人影、穿梭大樓的蕭颯風聲及白磚間不牢靠的接縫：有幾隻螞蟻扛起微亮的光粒，慢慢地塗滿縫隙令還沒降落的冬梅，能小心翼翼伸出紅蕊，試圖點燃一整面陷入憂鬱的長牆。

房間裡一片雪白。鏡中的城堡剛放下了小橋，一匹健壯的棕馬載著秀髮飄逸的少女緩緩走過；冷風露出淺淺的笑，捲落挺拔的旗子又在少女胸口輕輕刨了一瞬，只見浴室逐漸被堆高的、清醒的光海所遮覆。小橋不知何時被收起，隔著鏡子，我發現腳跟溼漉漉不止，腳尖被一根金色細絲拉扯。

冬日短得可愛且夜晚長得夢幻。仔細擦乾窗隙囤積的灰，我使殘陽有機會撿拾遺落的一條條命運，同時在它掌心圓了一個又一個圈，我明白它離開時會被城市的稜角戳散並淌出一朵朵甘甜的歲月，讓許多人影默默吸吮。而匍匐在牆角的春天，等著伸展鏡子裡還沒開啟，門閂已有不少暖意正在奔跑的門。

《中華副刊》二〇二二年十二月二十三日

清白 1

在便利商店門口呆愣數秒，回想起大夜班店員面無表情伸來的手如一張摺皺的紙，停著幾枚暗褐色的硬幣。他機械式地婉拒與我背影共謀的回眸，默默將貨品上架，將即期品下架。

我拎著僅裝有一瓶礦泉水的袋子滲入黑夜。左側一排平房，門牌不甚清晰；圍牆彷彿嵌入了許多蟬蛻，溢出深秋的涼意，而滿地濕透的紅葉正彩排著明日的微雨。

陡然，響亮的鐘聲似躍過水窪的夜豹，牠往愈漸蒼白的遠處奔跑，拋下仍細數步伐的我。把頭探向袋子，裡頭平靜若海，鹹味被捻成碎沙從額尖開始傾瀉。

家中一片漆黑，沒有一盞燈醒來，錶面盛開著鈴蘭，我來不及對時的那朵，用枯萎的最後一瓣，刷洗黎明。

1 出自于謙〈石灰吟〉：「千錘萬鑿出深山，烈火焚燒若等閒。粉身碎骨全不怕，要留清白在人間。」

後記：縱然矛盾

曾幾何時，在現實中保有自我，快意恩仇，成了遙不可及的事？《前程》是我第一本散文詩集，興許也是最後。歷經青澀、故作姿態炫技卻畫虎類犬的《向一根半透明的電線桿祈雪》、一逞個人庸俗愛戀的《其實你不知道》、濺灑個人憤懣的《詩人大擺爛》後，這本散文詩集，總結了至今複雜且矛盾的人生，用以述說個人微薄的心願，可能還有點樣子。

在這個多元的時代，宣稱自己是儒家思想的信徒似乎有些荒誕，但這卻是自小支撐我直到如今的力量——必須仰賴那些仁人志士的美好情操——儘管明白那是封建體制下用以操縱人心並鞏固階級的詛咒，我仍是不由自主一頭栽下，遙想拋頭顱灑熱血的英豪，一面告誡自己要踏上如此的不歸路，死得其所，縱然灰飛煙滅，也要活得堂堂正正，一片冰心在玉壺，譬如萇弘碧血，男子漢該為理所當然的仁義殉死。我也明白這只是個人狂執唆使下的混沌，但行走之今，已無回頭路的可能。至於選擇散文詩的形式，取決於士人直爽赴義且稍有隱藏鋒芒的節奏：溫文有禮，遇事卻不畏生死，詩意在有序的步伐中昇華，每一步都有值得思考的想像，同時不時回頭思索，這一路走來是否清新明白？

什麼是正義？什麼是仁愛？我已經搞不懂了。道德是隨時間不斷改變樣貌的道具，唯有清醒的人才能正確合理的運用它，讓道德在群體中發揮極大的效能，是故開頭詩致敬五代長樂老馮道，年幼的我，會視名節為知識分子的生命，但隨著受社會沖刷，明白無用的堅持只是突顯知識份子的無能，不如把握有用之身，弄髒身心，只為謀求更多人的福祉；但矛盾的是，內心深處依然期盼無可取代的清白無瑕，結尾方以〈清白〉致敬明代賢相于謙，但求清白在人間，縱然個人生死無礙於時代巨輪輪轉，你我都只是徬徨寰宇的蜉蝣，最少去留，掌握在己。

曾幾何時，已經褪去了任何枷鎖，或許散文詩非散文詩也不再重要，重要的是我怎樣成為一個人，如詩般蹈步，如散文一般傾訴。

語言文學類　PG3000　臺灣詩學散文詩叢5

前程

作　　者／蘇家立
責任編輯／吳霽恆
圖文排版／黃莉珊
封面設計／王嵩賀

發 行 人／宋政坤
法律顧問／毛國樑　律師
出版發行／秀威資訊科技股份有限公司
114台北市內湖區瑞光路76巷65號1樓
電話：+886-2-2796-3638　傳真：+886-2-2796-1377
http://www.showwe.com.tw
劃撥帳號／19563868　戶名：秀威資訊科技股份有限公司
讀者服務信箱：service@showwe.com.tw
展售門市／國家書店（松江門市）
104台北市中山區松江路209號1樓
電話：+886-2-2518-0207　傳真：+886-2-2518-0778
網路訂購／秀威網路書店：https://store.showwe.tw
國家網路書店：https://www.govbooks.com.tw

2023年12月　BOD一版
定價：220元

讀者回函卡

國家圖書館出版品預行編目

前程 / 蘇家立著. -- 一版. -- 臺北市 : 秀威資
訊科技股份有限公司, 2023.12
面；　公分. -- (語言文學類 ; PG3000)
(臺灣詩學散文詩叢 ; 5)
BOD版
ISBN 978-626-7346-41-9(平裝)

863.51　　　　　　　　112018345